Stories to tell your loved ones at night

Stories to tell your loved ones at night

Joshua Schenkelberger

Bibliografische Information der Deutschen Nationalbibliothek: Die
Deutsche Nationalbibliothek verzeichnet diese Publikation in der
Deutschen Nationalbibliografie; detaillierte bibliografische Daten
sind im Internet über dnb.dnb.de abrufbar.

Herstellung und Verlag: BoD – Books on Demand, Norderstedt

ISBN: 9783756862702

Für Fussel und Luna

In diesem Buch

What I listened to

Möwensänger

Meeresrauschen

Der Weg des Marienkäfers

Conchiglie – Andrea Laszlo De Simone

Sommernachtstraum

Conchiglie – Andrea Laszlo De Simone

Ein verlorener Kuss

Conchiglie – Andrea Laszlo De Simone

Intro – The xx

my thoughts

First Halloween

Intro – The xx

Bella's Lullaby

Halloween Theme

Halloween Ambient Music

Star Shopping – Lil Peep

Один в каное – Хуанхе

Один в каное – Розсипаюся

Möwensänger

Dienstag, 1. Februar

Ich werde geweckt von einer Welle, die in meinem Gesicht zerbricht. Ich war wohl am Strand eingeschlafen. Mit einem leeren Buch in der Hand laufe ich zurück zu meiner Hütte, wo ich eine offenstehende Tür und das Brot vom Vortag finde.

Ich mag das Brot. Ich weiß nicht, woher es kommt, aber es schmeckt jeden Tag gut. Wenn ich ehrlich bin, schmeckt es nur in Ordnung, aber sonst habe ich nichts zu essen. Das überschüssige Essen gebe ich dem Schaf, auf das ich aufpassen soll. Es hat keinen Namen, aber jeden Tag, an dem ich ihm Futter bringe, wünschte ich, es hätte einen. Dann könnte ich ihm sagen, wie sehr ich es hasse. Ich weiß nicht einmal mehr, wieso ich auf es aufpassen soll oder wer mir aufgetragen hat, auf es aufzupassen. Alles, was ich weiß, ist, dass ich alleine mit dem Schaf auf dieser kleinen Insel sitze und warte, bis mich jemand erlöst. Ich hasse es hier und trotzdem bin ich froh, hier zu sein. Keine Menschen, die mich tagein, tagaus nerven und um unsinnige Gefallen bitten. Aber die Wellen machen mich verrückt. Dieses ständige Rauschen von kleinen Wassermolekülen, die vom Wind über den Horizont getragen werden. Ich höre nichts anderes. Ich träume sogar von Wasser. Ich träume, dass ich in einem meterhohen Fass stehe und mir das Wasser den Körper hinaufsteigt. Es fließt nicht. Es krabbelt an mir hoch. Über meine Brust zum Hals hinauf, wo es sich wie ein zu enger Schal um meine Kehle schlängelt.

Ich stehe auf den Zehenspitzen und versuche zu schwimmen. Ich rudere mit Armen und Beinen. Ich zappele wie ein Fisch am Land, der spürt, wie das Wasser aus seinen Kiemen flüchtet, der sein Schicksal aber nicht akzeptieren möchte. Ich will nicht ertrinken. Und ich kann es auch nicht. Ich sterbe in diesen Träumen nicht. Das Wasser dringt in meine Lunge ein, wie der Zug an einer alten Menthol-Zigarette. Jedes Lungenbläschen füllt sich mit dem kalten Gemisch aus Salz, Krabbenseele, und Sandkorn. Ich kann nicht ertrinken, nur dabei zusehen, wie mein Körper erfriert. Einmal eingefroren, gibt es keine Rettung. Ich werde ein Teil der See. Doch immer dann, wenn ich mein Schicksal akzeptiert habe und mein Leben auf dem Meeresgrund fortfahren möchte, wache ich auf. Die gleichen drei Wassertropfen wie jeden Tag spritzen in mein Gesicht und reißen mich zurück ins Leben. Manchmal wünsche ich mir nicht mehr aufzuwachen, sondern weiter ein Teil des Meeres zu sein. Dort bin ich frei. Dort kann sein, was ich möchte. Hier bin ich ein Mensch, der zusammen mit einem Schaf, ein paar lästigen Möwen, einem Laib Brot, und einem Loch...

Das Loch hatte ich vergessen. Inmitten der überschaubaren Insel, auf der ich gerade sitze, befindet sich ein Loch. Ein Loch so tief, dass ich nicht einmal den Grund sehen könnte, selbst wenn ich alle Fernrohre der Welt zusammenbinden würde.

Ein Loch so dunkel, dass ich alle Fackeln, die jemals brannten, hineinwerfen könnte und trotzdem würde man nichts erkennen. Abends schaue ich manchmal aus einem der sieben Fenster meiner Hütte in Richtung des Loches und bilde mir ein, ein dünner, feiner Nebel würde zusammen mit einem scharlachroten Licht zur Oberfläche steigen. Manchmal glaube ich sogar, ich könnte mich zusammen mit dem Schaf auf ein paar Dielen meiner Hütte setzen und darauf ans Ende der Welt segeln, wenn ich alles im richtigen Moment auf dem Nebel platzieren würde.

Mittwoch, 2. Februar

Um ehrlich zu sein, rate ich das Datum dieser Tagebucheinträge. Vielleicht ist gerade der 13. August 1986. Wundern würde mich das nicht, aber so kalt wie es hier ist, glaube ich nicht, dass aktuell Sommer ist. Ich glaube allerdings auch, dass auf dieser Insel niemals Sommer ist, sondern alle vier Jahreszeiten wie ein Strudel um die Insel fegen und ab und an ein Funke Winter in meine Richtung entweicht. Wenn ich Glück habe, gibt es drei Tage in der Woche, an denen es nicht regnet und einen Tag, an dem ich die Sonne mehr als zwanzig Minuten sehe. Immer, wenn ich die Sonne entdecke, lege ich sofort alles nieder und schaue sie mir an. In diesen Minuten vergesse ich alle meine Probleme und bin nicht mehr als ein kleiner Punkt im Licht. Sobald die Sonne wieder verschwindet, verschwindet auch jede Hoffnung aus meinem Körper. Meistens füttere ich danach das Schaf. Früher dachte ich immer, Schafe würden Gras fressen. Heute weiß ich, dass dem nicht so ist. Das Schaf frisst alle leckeren Speisen, die ich nicht anrühren darf und ich kann froh sein, wenn ein kleines bisschen Gras unzertrampelt bleibt, sodass ich mir wenigstens etwas auf mein Brot legen kann.

Früher gab es kein Brot hier. Ich weiß nicht mehr genau, was ich damals gegessen habe, aber Brot war es definitiv nicht. Ich habe mal gehört, Menschen wären Säugetiere und tränken Milch, aber weder das Schaf noch die Möwen haben mir jemals ein Glas Milch angeboten. Heute war das Schaf immerhin gut gelaunt. Meistens ist es sauer, dass ich es am Vortag vergessen habe. Dann sieht es mir nicht einmal in die Augen. Dann bekomme ich immer ein schlechtes Gewissen und biete ihm zusammen mit seinem Essen ein Stück von meinem Brot an. Meistens nimmt es das auch dankend an. Für mich bleibt dann aber weniger übrig.

Freitag, 4. Februar

Gestern ist nicht sonderlich viel passiert, also habe ich davon abgesehen, einen weiteren Eintrag zu schreiben. Genauer gesagt ist hiervon gar nichts geschrieben. Alles, was man hier findet, sind meine Gedanken, die ich, bevor sie hinaus ins Verlorene fliegen, versuche festzuhalten. Vielleicht werden sie irgendwann nochmal wichtig. Heute habe ich vor, einen Rundgang zu machen und alles auf meiner Insel zu überprüfen. Angefangen bei der kleinen Steintreppe, die den Weg von meiner Hütte zu der Weide bildet, auf der das Schaf herumwandert.

Eigentlich kann es überall hinlaufen, denn ich habe bis heute keinen Zaun aufgestellt. Aber anscheinend gefällt ihm der Platz. Ich glaube aber viel eher, dass es mich beobachtet und mir jeden Fluchtversuch, den ich versuche zu unternehmen, strittig machen würde, indem es mir mit seinen Zähnen in die Beine beißt. Direkt links von der Weide befindet sich ein kleiner Brunnen, aus dem ich mein Wasser schöpfe. Das ist die einzige Stelle der Insel, die mir wirklich gut gefällt. Folgt man dem Trampelpfad weiter, findet man ein paar verlassene Häuser zu seiner Linken und einen felsigen Abgrund auf der rechten Seite. Den Abgrund würde ich vermeiden, wenn man nicht den Wunsch verspürt, einen unsanften, qualvollen Tod zu erleiden. Die Hütten würde ich allerdings auch meiden. Grundsätzlich empfehle ich niemandem, auch nur einen Fuß auf diese Insel zu setzen.

Hinter den Häusern geht's nach links um die Kurve.

Die Insel ist so klein, dass man kaum hundert Schritte in eine Richtung machen kann, ohne mit beiden Beinen im Wasser zu stehen. Ist man an der Kurve vorbei, kommt eine Weile lang nichts. Auf diesem Teil der Insel bin ich ungern, da ich hier immer so ein flaues Gefühl im Bauch bekomme. Ein altes Schild mit der Aufschrift „Nicht den Kopf verlieren", welches am Wegesrand steht, reißt mich aus meinem Tagtraum.

Ich bin nun auf der anderen Seite der Insel. Hier ist nicht nur das Gras grüner, hier atmet man auch frischere Luft ein. Ich glaube, würde meine Hütte hier stehen, würde ich glatt zehn Jahre länger leben. Aber wer will das schon? Ich würde meine Hütte lieber irgendwo hinstellen, wo ich wüsste, dass ich zehn Jahre kürzer leben würde. Ich bin nun genau im Schatten meiner Hütte. Die Sonne steht so tief, dass der Schatten über die ganze Insel gestreckt wird. Da ich mich aber sehr unwohl bei dem Gedanken fühle, bei Mondschein noch hier draußen zu sein, nehme ich meine Beine in die Hand und mache mich auf in Richtung Schlafplatz. Zwischen der anderen Seite der Insel und meiner Hütte liegt dann nur noch Strand. Sand, Muscheln, und unzählige Flaschen mit Briefen darin, die ich einst ins Meer warf, mit dem Wunsch, eine Antwort zu bekommen. Doch die Strömung geht immer zur Insel hin. Nie von ihr weg. Ich bin jetzt wieder zu Hause. Oder zumindest in meiner Hütte.

Beim Anzünden einer Kerze muss ich aufpassen, dass die unzähligen Ritzen und Spalten zwischen den Holzplanken keinen Windzug durchlassen, der die kleine, lichtspendende Flamme stehlen könnte. Ich habe nämlich nur eine begrenzte Anzahl an Streichhölzern.

Da heute Samstag ist, mache ich eine Pause. Das Schaf habe ich bereits nach meinem armseligen Frühstück gefüttert. Ich habe mir fest vorgenommen, endlich die Hütte zu streichen. Das alte Grau des Holzes vermiest mir täglich aufs Neue die Stimmung. Und auch wenn es hier keine anständige Farbe gibt, so konnte ich doch ein paar Steine gegen einen Eimer voll rosa Korallenmus tauschen. Mir wurde versichert, ich werde den Unterschied zu handelsüblicher Farbe nicht merken. Streichen muss ich allerdings mit Büscheln aus Schafswolle, die ich ab und an meinem zu betreuenden Inseltier abschneide, wenn es nicht aufpasst. Ich melde mich morgen wieder, wenn ich mit der Hütte fertig bin.

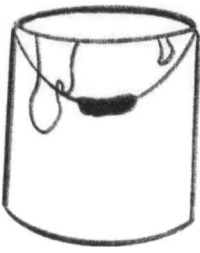

Sonntag, 6. Februar

Ausnahmsweise war heute ein ausgesprochen angenehmer Tag. Die Sonne verschwindet bereits hinter den tobenden Wellen am Horizont, während ihre letzten Strahlen das Korallenmus an meiner Hüttenfront trocknen. Ich war lange nicht so entspannt wie heute. Es wirkt, als wäre mein Geist erneuert und meine Gedanken durch schöne Erinnerungen ausgetauscht. Ich kann mich kaum noch erinnern, was ich auf den ersten Seiten dieses Tagebuchs festgehalten habe. Das Brot war heute erstaunlich luftig und irgendwie ist mir gar nicht zu schreiben zumute. Ich glaube, nachdem ich das Schaf gefüttert habe, lege ich mich eine Weile hin.

Mittwoch, 9. Februar

Der Himmel leuchtet seit drei Tagen in einem sehr intensiven Aquamarinblau. Meine fettigen Haare stehen mir ununterbrochen zu Berge und meine Augen fühlen sich an, als bestünde meine Augenspülung aus zwei Eimern Salzwasser, direkt aus dem Meer. Ich trage zuletzt vermehrt eine Art Nachtrock, da mich Hosen und sonstige Kleidungsstücke ungemein einschränken. Außerdem muss ich mir nichts vormachen. Außer mir und den Möwen befindet sich niemand auch nur in der Nähe dieses gottverlassenen Flecks. Das Schaf schenkt mir keine Aufmerksamkeit. Zwischen den Wolken sehe ich allerdings einen Schimmer Hoffnung. Das gewohnte mausgraue Abbild des Himmels stößt kleine Löcher in das ätzende Firmament. Ich fühle mich von Sekunde zu Sekunde wieder mehr wie ich selbst. Ein Ich, das ich bereits vergessen hatte. Ein Ich, das ich eigentlich nicht mehr sein will.

Sei's drum. Die Arbeit macht sich nicht von allein. In der ganzen Zeit, in der ich hier festsitze, habe ich bis heute noch keine sinnvollere Arbeit getätigt, als mir nach dem Toilettengang die Hände zu waschen. Unmotiviert greife ich meine Gummistiefel und ziehe sie Stück für Stück über meine handgemachten Socken. Ein Gefühl, welches ich seit Ewigkeiten nicht gespürt habe, da ich es für angemessen hielt, meine Rundgänge grundsätzlich ohne Schuhe anzutreten, um vermeintliche Inselbewohner nicht durch mein Stampfen zu erschrecken.

Ich greife meinen Rechen und mache mich an die Arbeit. Ich habe gehört, um diese Jahreszeit sollen hier besonders viele herrenlose Blätter ihr Unwesen treiben. Auch wenn ich, außer der alten Linde auf der, von mir aus gesehen, linken Seite der Insel, noch keinen Baum gesehen habe, der Blätter trägt. Und trotzdem tänzeln Blätterscharen wie ausgebildete Tänzer über die liebliche Meeresbrise.

Mein Atem treibt sie weiter voraus. Mein kühler Atem pustet mit voller Kraft, um den doch noch nicht ganz leblosen Baumkindern einen letzten, charmanten Walzer zu gewähren. Meine Lunge singt ein einst vergessenes Seemannslied und die Wellen reiten auf der Melodie. Ich reche und fege das Laub mit einer solchen Überzeugung, als hätte ich mein ganzes Leben nichts anderes gemacht. Als hätte ich zwölf Jahre Schule, eine Gesellenprüfung, und ein Zweitstudium abgeschlossen, nur um kleine grün-braune Blätter vom Boden dieser Insel zu sammeln. Ich arbeite mich in eine Ekstase, aus der mich nicht mal der Teufel selbst mit seinen eleganten Händen reißen könnte. Eine Ekstase so tief, dass mir der eiskalte Schauer meinen doch noch jungen Rücken hinunterläuft, wenn ich auch nur eine Sekunde daran denke, jemals mit dem Fegen aufzuhören. Das Fegen wird zu einer Symbiose aus mir und Blatt. Alle Blätter schließen sich zu einem gewaltigen Urblatt zusammen und ein Kampf beginnt. Der Symbiont gegen den Wirt. Ein Kampf, wie ihn nur die Zeit selbst schreiben könnte. Die Blätter erheben sich gegen mich. Die raue Seeluft schiebt mit einer monströsen Kraft gegen meinen nassgeschwitzten Körper.

Ich beginne zu glauben, dass nicht ich die Blätter fege, sondern die Blätter mich. Die Blätter, die einst auf einen großen Baum angewiesen waren, zwingen mich in die Knie. Sie reißen mir mein hölzernes Werkzeug aus den Händen und das Duell spitzt sich immer mehr zu. Windböen kräuseln sich um meine zittrigen Beine, hinauf durch mein flatterndes Nachthemd. Mein Herz pocht schneller als jede Dampfmaschine jemals arbeiten könnte.

Immer mehr, immer mehr, immer mehr, bis...

Mir wird schwarz vor Augen.

Donnerstag, 10. Februar

Erneut werde ich geweckt von ein paar kleinen, salzdurchzogenen Wassertropfen, die meine verschwitzte Gesichtshaut treffen. Der gestrige Abend erscheint mir nur noch durch einen silbrigen Schleier. Auf meine Gedanken ist kein Verlass. Hunger. Ich muss etwas essen und mache mich auf in Richtung Hütte. Ich schüttele den Sand von meinen Knien und Händen und wackele unsicher den Strand entlang. Meine Ohren können den Wind kaum noch hören, obwohl ich ihn deutlich im Gesicht spüre. Dieses Gefühl erkenne ich überall. Die kleinen Sandkörner fliegen mit beachtlicher Schnelligkeit durch die Luft, bis sie ungebremst auf meiner Haut einschlagen. Das schnelle Ende einer schnellen Fahrt. Mit zusammengekniffenen Augen öffne ich die marode Holztür meines Hauses. Wie üblich kratzen kleine Steinchen, die unter der Tür feststecken, über den sonst angenehm weichen Schieferboden und hinterlassen dabei tiefe Spuren. Wie erwartet liegt bereits eine Scheibe Brot mit etwas Meersalzbutter auf meinem Küchentisch. Daneben eine große Karaffe sauberes, frisches Wasser. Eigentlich sehr appetitlich.

Eine zarte Melodie klingt durch eines der geöffneten Fenster, während ich es mir auf einem Stuhl gemütlich mache. Meine Hände greifen instinktiv zur Karaffe und nach einem sich daneben befindenden Glas.

Ich entdecke ein paar Unreinheiten an der Kante des sonst sauberen Glases und reibe sie mit der Innenseite meines Hemdes weg. Ich gieße mir einen großen Schluck Wasser ein und trinke das Glas komplett aus. Danach genehmige ich mir ein Stück Brot, bevor ich erneut dem Versuch nachgehe, meinen eigentlich unstillbaren Durst zu löschen. Diesmal verzichte ich auf das Glas und setze die gläserne Karaffe gleich an meinen Lippen an. Das Wasser fließt durch meinen Mund in meinem Hals und für einen Moment vergesse ich alle meine Probleme. Ich schließe meine Augen und lausche dem lieblichen Geräusch, das entsteht, wenn ich nach jedem Schluck Wasser in die Karaffe atme. Plötzlich höre ich auch das Meer wieder. Es ist, als hätte der Mangel an Wasser meine Verbindung zum Ozean getrennt. Als wäre ich nicht länger ein Teil von ihm gewesen. Früher mochte ich den Ozean, aber seitdem ich auf dieser Insel feststecke, bin ich froh, wenn ich ein paar Minuten ohne ihn genießen kann. Trotzdem muss ich darauf achten, nicht zu dehydrieren. Das könnte tödlich enden. Oder schlimmer.

Freitag, 11.Februar

Ich habe mir fest vorgenommen, herauszufinden, was auf dieser Insel dafür verantwortlich ist, dass ich meinen Verstand verliere. Ich kann mir kaum mehr meine eigenen Gedanken merken. Mürrisch laufe ich mit einem Eimer voll Futter in Richtung Schaf. Es sieht mich mit seinen nichtssagenden Augen bereits aus der Ferne an. Ich gähne und stolpere fast über ein Stück Draht, welches ich eigentlich schon vor Tagen entfernen wollte. Es ist etwas rostig und jedes Mal, wenn ich daran hängenbleibe, reißt es mir kleine schmerzende Kratzer ins Bein. Den Eimer voll Futter stelle ich wie üblich in das Gehege des Schafes, doch diesmal zucke ich wie eine an Land gehüpfte Forelle zusammen. Ein lautes Brummen lässt meinen Atem stocken. Ich merke, wie die Insel unter meinen Füßen anfängt zu beben. Mein Körper zittert, während meine Gedanken stillstehen. Für fünf Sekunden ist mein Kopf leer. Nur Angst strömt durch meinen Körper. Kaum ist der erste Schock vorüber, drehe ich mich um, sodass ich mir ein Bild von meiner Umgebung machen kann. Ich glaube meinen Augen nicht. Ich sehe kleine rote Nebelschwaden, die im Tageslicht verblassen, während sie aus dem Loch inmitten der Insel steigen. Es ist genau jener Dampf, von dem ich mir bis eben nicht einmal sicher war, ob er wirklich existiert. Ich ging davon aus, dass alle Abende, an denen ich dieses Phänomen beobachten konnte, ein Teil einer weiteren, nervenaufreibenden Halluzination waren.

Aber das ist echt. Das ist keine Halluzination. Ich renne sofort auf das Loch zu, um eventuell noch einen kleinen Schwall Dampf mit meinen Händen aufzufangen, doch ich bin zu langsam. Erneut stehe ich vor einem leeren, tiefen Loch, an dem rein gar nichts spektakulär ist.

Montag, 21. Februar

Es ist kurz nach Mitternacht. Mein Herz pumpt so stark das Blut durch meine Venen, dass meine Augen förmlich aufspringen. Ich spüre jeden Muskel meines Körpers. Ich habe geschlafen. Zehn Tage lang. Ich lag wohl in einer Art Koma oder ähnlichem. Ich liege direkt neben dem Loch. Das Loch, in das ich eben noch so tief hineinblickte. Das Loch, das mir seit Tag Eins auf dieser Insel, nicht geheuer ist. Ich reiße meinen Körper in die Luft und mache schnelle Schritte in Richtung meiner Hütte. Die Muskulatur in meinen Beinen ist schwach. Ich fühle mich, als wäre ich jahrelang nicht gelaufen. Das Mondlicht zeigt mir den kleinen Pfad zu meinem Haus, auf dem ich hastig vor mich hin stolpere. Meine beiden Hände sind zu Fäusten geballt und von meiner Stirn tropfen kleine Schweißperlen, die auf dem sandigen Boden einschlagen.

Freitag, 29. Juli

Glaube ich zumindest.

Ich erinnere mich an nichts mehr. Ich fühle mich 10 Kilo leichter. Wenn ich mit meinen trockenen Händen über meinen Körper fahre, ist dieser nicht mehr derselbe, der er einst war. Wo einst Speck und Kurven waren, sind jetzt nur noch gerade Strecken an Haut. Ich spüre Knochen in mir, von denen ich nicht einmal wusste, dass sie existieren. Ich habe Durst. Mein Mund ist trockener als der trockenste Wein, den ich jemals getrunken habe und trotz der immens warmen Sonne, die mir gerade auf mein Haupt drückt, spüre ich keinen Schweiß auf meiner Stirn. Ich glaube, meinem Körper wurde jegliches Wasser restlos entzogen. Meine Gestalt ist jetzt nur noch ein Schatten. Das muss....Das Schaf. Habe ich meinen Eid gebrochen? Habe ich versagt und dieses arme Tier verdursten lassen? Ich nehme meine, jetzt viel leichteren, Beine in die Hand und renne angsterfüllt zur Weide. Es ist weg. Vielleicht war ich so lange ohnmächtig, dass alle Überreste des Tieres bereits vom Winde verweht wurden.

Nein!

Meine von der Sonne verbrannten Ohren hören ein lautes Blöken von der Mitte der Insel zu mir herschallen. Ein Ruf, den ich hundert von hundert Malen erkennen würde.

Das Tier, das mich schon so lange auf meiner Reise begleitet. Das Schaf. Es muss das Schaf sein. Ich renne zurück. Ich sprinte mit letzter Energie zum Loch. Meine Augen sehen förmlich, wie die Schallwellen der Rufe des Tieres aus dem Abgrund emporsteigen. Mit letzter Kraft stürze ich mich in das Loch hinein, wohl wissend, dass es meine letzten Sekunden auf dieser Erde sein könnten. Ich falle. Ich falle so schnell in die Schwärze des Loches, dass ich das Gefühl habe, ich würde schweben. Ich glaube, ich falle gar nicht, ich fliege. Ich gleite hinunter, wie eines der zahllosen Blätter, die ich einst vom Boden dieser Insel fegte. Ich bin frei. Freudentränen fliegen meine Wangen hinauf und bilden kleine Fallschirme hinter meinem Rücken, die meinen Fall bremsen. Ich fühle mich geliebt und verstanden. Ich genieße den Flug. Ich schließe meine erschöpften Augen und frage mich, wieso ich das nicht schon viel früher gemacht habe. Ich habe es geschafft. Meine Zeit auf der Insel ist vorbei. Mein Leben ist zu Ende, aber mein Traum beginnt. Plötzlich ist Schluss. Mein Fall wird abrupt gestoppt und ich lande auf dem weichen Rücken des Schafes und den Rücken, seiner Freunde.

...Seiner Freunde? Um mich herum laufen dutzende Schafe. Kleine Schafe, große Schafe, andere Schafe, die gleichen Schafe.

Alles voll.

Ich sehe mich um und sehe plötzlich alles. Eine ganze Stadt ist hier unten, Häuser, Brunnen, Tiere, und Menschen! Echte Menschen. Echte, langweilige, lebende Menschen. Ich bin zu Hause, sage ich zu mir. Wo auch immer das hier ist, ich bin zu Hause. Ich richte meine Kleidung und mache mich auf den Weg in die Stadt, aber nicht ohne meinem Freund, dem Schaf, eine verdiente Umarmung und einen Kuss auf die Stirn zu geben.

Danke.

Der Weg des Marienkäfers

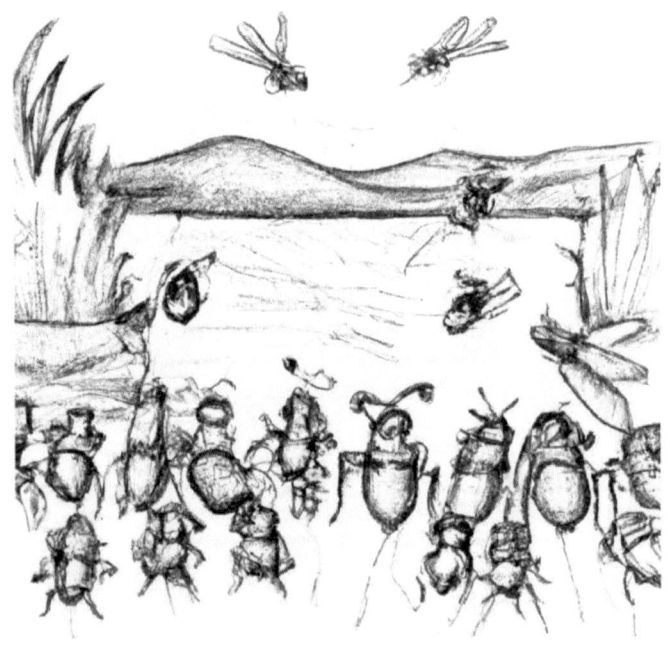

Es ist ein warmer Sommertag in einer rosa Tulpe. Klitzekleine Schuhe stehen am Rande der Wiese. Blütenblätter liegen überall auf dem Boden und ein kleiner Marienkäfer sitzt auf der letzten Tulpe, die sich noch über ihre Blütenblätter freuen darf. Alle anderen Blumen bestehen nur noch aus Stiel und kleinen Fußabdrücken. Mutmaßlich die des Marienkäfers.

„Und hopp", sagt der kleine Käfer, während er mit Anlauf an eines der 5 Blütenblätter springt. Er sitzt im Inneren der Blume und rennt aufgebracht im Kreis. „Das gibt es doch nicht. Alle Blumen dieses Jahr sind zu nichts zu gebrauchen. Weder die Margeriten noch die Wildblumen. Niemals schaffe ich es zum diesjährigen Käfertreff an der Stauebene. Meine Flügel sind noch zu erschöpft, um diese Strecke zu bewältigen. Naja, mit dem Blatt hier habe ich immerhin noch 5 Versuche. Jetzt zählt's. Mit ein bisschen mehr Schwung sollte ich dieses Blatt doch auf den nächsten Windstoß befördern können."
Er rennt energiegeladen los und wirft sich mit seinem ganzen Gewicht gegen eines der Blütenblätter. Aber nichts geschieht. Schlimmer noch, nach ein paar Sekunden fällt das Blatt ab und gleitet seelenruhig in Richtung Boden.

„Verdammt!", schreit der kleine Käfer. „Jetzt sind nur noch 4 Blätter übrig." Er versucht es ein weiteres Mal. Er nimmt Anlauf im Inneren der Blüte und springt mit all seiner Kraft gegen ein Blütenblatt. Und siehe da, das Blatt löst sich von der Blume und genau in dem Moment kommt ein Windstoß aus dem Süden. Der Käfer springt ab, gleitet einen Moment durch die Luft und landet mit allen sechs Füßen auf dem Blütenblatt.

Er reitet im Wind. Sicher steht er auf seinem kleinen Blüten-Segelflugzeug und lässt sich von der Natur treiben. Seine Fühler wehen im Wind, während er den Schwerpunkt seines Körpers immer wieder verlagert, um die Richtung seines Fluges anzupassen.

„Endlich!", schreit der kleine Kämpfer.

Tränen fliegen durch sein Gesicht. Mit jedem seiner Herzschläge gewinnt das Blatt ein Stück an Höhe. Ein Gefühl von Schwerelosigkeit und Liebe liegt in der Luft. Ein Mancher würde das vermutlich als Freiheit bezeichnen. Ich würde sagen, das ist das Gefühl der Gefühle. Tauben fliegen in Scharen um den kleinen Käfer, um das Spektakel von Nahem zu bewundern. Es ist, als würde sich die ganze Welt nur noch um ihn drehen. Als er einen Fluss überquert, legt er sich auf den Rücken, um die Reise noch etwas beruhigter zu genießen. Er beginnt damit, die Wolken zu beobachten. So schöne Wolken hatte er noch nie gesehen. Die Sonne glüht so rot, dass der Käfer denkt, am Himmel begleitet ihn eine gigantische Marienkäferfamilie.

Alle, die dieses Naturschauspiel erblicken, halten umgehend inne. Menschenmassen, die zuvor noch in ihren Autos im Stau saßen, stehen plötzlich auf der Autobahn, mit dem Gesicht gen Himmel gerichtet. So viele Tränen wie an diesem Abend waren noch nie geflossen. Es war das erste Mal in der Geschichte der Menschheit, dass mehr Freudentränen als Tränen der Trauer flossen. Der Käfer ist mittlerweile schon ein gutes Stück weitergeflogen. Seine Gedanken sind so leer wie lange nicht. Er ist in großer Vorfreude, denn er war schon ewig nicht mehr beim Käfertreff gewesen.

Der Käfertreff ist das größte Fest des Jahres. Alle Insekten aus der ganzen Stadt kommen zur Stauebene, um in Liebe zu feiern, zu erzählen und den Alltag für eine Nacht zu vergessen. Der Käfer schloss für einige Minuten die Augen. Die Sonne hat immer noch genug Kraft, um ihm den Rücken auf eine angenehme Wärme zu heizen. Die frische Sommerluft strömt ihm durch sein Gesicht und erneut kullern kleine Tränen der Freude über seine Wangen. Seine Mundwinkel sind bis zum Anschlag nach oben gezogen und seine putzige Nase genießt den Geruch. Ein Geruch, den man nicht mal im Ansatz beschreiben könnte. Es war viel eher das Gefühl, als würde die anstehende Nacht nie enden. Als würde bis zum letzten Tag der Welt getanzt werden. Langsam öffnet der kleine Käfer wieder die Augen und richtet sich auf. Er hat sich genug ausgeruht. Sein Körper ist voller Energie und er ist bereit.

Auch die Stauebene, unten am Fluss, sieht er bereits in der Ferne. So stampft er gekonnt zweimal auf das Blütenblatt und sofort beginnt es sich zu senken. Langsam gleitet er hinunter in Richtung Fluss und plötzlich streift sein kleines Flugzeug die Oberfläche des Wassers und kleine Wasserpartikel spritzen durch die Luft. Für einen kurzen Augenblick bildete er sich sogar ein, zwei der Wassertropfen hätten bei ihrem Flug eine Herzform gebildet. Zwei kleine Schlenker übers Wasser und schon ist er am Ufer angekommen, wo er direkt von allen, die schon dort warten, in die Arme geschlossen wird. Er wusste, dass diese Nacht unvergesslich werden würde und als eine der schönsten Nächte aller Zeiten in die Geschichte eingehen würde.

Und er hatte recht.

Sommernachtstraum

Im August sah die Trauerweide immer besonders schön aus. Ich beobachtete sie gerne von dem Fenster meines Baumhauses aus, während ich mir Kleeblätter von der Latzhose zupfte.

Meine Handflächen waren schon ganz grün gefärbt. Aber das störte mich nicht. Der Sommer war viel zu friedlich, um auch nur eine Sekunde damit zu verschwenden, negative Gedanken durch meinen Kopf brausen zu lassen. So langsam hatte ich aber Hunger und so griff ich in meinen Beutel, um die kleine Brotdose herauszuholen. Die blaue, nicht die rosafarbene. Ich war mir sicher, dort noch ein paar Erdbeeren oder die ein oder andere Himbeere finden zu können. Und ich hatte Glück. Sogar ein Stück Melone blitzte auf, als ich den zerkratzen Deckel öffnete. Mein Kauen passte sich perfekt den Geräuschen des Abends an. Das Rascheln der Blätter um mich herum fühlte sich an wie ein atmender Mantel aus Geborgenheit. Mit Sicherheit war das hier der beste Platz im ganzen Garten. Ich war mittlerweile aus meinem Baumhaus geklettert und stampfte durch das gemähte Feld neben unserem Haus, wo mir die einzelnen übrig gebliebenen Strohhalme in die Beine piksten. Mein Ziel war es, die Strohballen zu erreichen, bevor die Sonne untergegangen war. Als ich die unheimliche Vogelscheuche am Wegesrand passierte, hatte ich ungewöhnlich wenig Angst. Normalerweise lösten die ausgeblichenen Knopfaugen und das alte Karo-Hemd mehr Unwohlsein in mir aus. Aber heute nicht. Meine Schnürsenkel blieben hier und da mal an kleinen Sträuchern hängen, aber das hielt mich nicht auf. Und es war mir auch egal. Ich hatte ein Ziel: die schönste Sternschnuppe des Jahres zu sehen.

Ich hatte eine Woche zuvor, als ich gerade meine Cornflakes gegessen hatte, im Radio gehört, dass am heutigen Abend unzählige Sternschnuppen am Nachthimmel zu sehen sein sollten. Seitdem dachte ich an nichts anderes. Ich hatte alles was ich brauchte in meinem Rucksack verstaut und wollte mein Lager ganz oben auf den Strohballen aufstellen. Ich war der festen Überzeugung, dass mein Abenteuer ein voller Erfolg wird.

19:42 Uhr

Der Himmel war sternenklar und meine Augen scharf wie eh und je. Ich glaube sogar, dass sternenklar eine Untertreibung ist. Ich hatte das Gefühl, das ganze Universum sehen zu können, wenn ich nach oben sah. Ein Sprung und ich wäre auf dem Mars gewesen.

Aber an diesem Abend hatte ich ein anderes Ziel. Mit dem Blick nach vorne pustete ich mir meine Strähnen aus dem Gesicht. Ich hatte extra zwei Flaschen Traubensaft dabei, falls sich ein neugieriger Wanderer zu mir gesellen wollte. Man weiß ja nie. Bei den Ballen angekommen, legte ich erst einmal meine Sachen ab und verschaffte mir einen Überblick über die Situation. Vor mir stand eine gewaltige Burg aus Stroh. Schnell kletterte ich auf die Spitze. Oben angekommen stellte ich mich ganz vorne an die Kante und breitete meine Arme aus. Der Ausblick war herrlich. Ich sah nicht nur über alle Felder, sondern auch mehr vom Himmel, als ich mir hätte vorstellen können. Wie bei einem Gemälde verliefen die Farben ineinander. Eine riesige Leinwand direkt über mir.

Ich hatte mittlerweile alle meine Sachen auf die Festung gebracht und alles bereitgestellt. Meine flauschige Decke lag genau in der Mitte. Umringt von Snacks, dem Traubensaft, 2 Ferngläsern und allem, was sonst noch in meinen Rucksack gepasst hatte. Es war schon ziemlich dunkel, aber die Sternschnuppen erwartete ich nicht vor Mitternacht. Präzise gesagt 00:02 Uhr nachts.

Der Sternschnuppenschauer sollte allerdings nur zehn Minuten anhalten, weshalb ich bloß nicht einschlafen durfte. Ich hatte mir extra eine Thermoskanne voll warmem Kaffee eingepackt. Ich trinke eigentlich gar keinen Kaffee, aber auf der Packung stand aromatisch mild. So schlecht konnte er also nicht sein. Wer wohl auf die Idee kam, Kaffeebohnen zu trinken? Naja, mein Magen war etwas leer und deshalb wollte i– Irgendwas raschelte in dem Maisfeld hinter der Burg und ich wusste sicher, dass das nicht der Wind war. Wenn der Wind durch ein Feld weht, macht das ein schönes, gleichmäßiges Geräusch. Als würde der Bauer mit seiner Hand durch die Pflanzen streifen, um zu sehen, ob die Frucht schon reif ist. Als würde ein Schwimmer seine erste Bahn im Becken schwimmen und alle anderen hinter sich lassen. Es klingt wie die Cornflakes, die ich mir morgens in die „Bär im großen blauen Haus"-Schüssel kippe. Das hier klang gar nicht nach Cornflakes. Aber auch nicht nach Bär. Für eine Maus war es zu laut und für ein richtig großes Tier war es zu leise. Es klang fast schon anmutig. Aber nicht absichtlich. Als würde sich jemand anschleichen.

Vorsichtig griff ich mir eins der Ferngläser. Das mit den coolen Aufklebern und blickte in Richtung Mais. Ich konnte aber nichts erkennen. Kein Wackeln, kein Rascheln.

Nichts Außergewöhnliches. Was ich allerdings sehen konnte, war, wie lecker der Mais aussah. „Ich muss unbedingt den Bauer fragen, ob ich ein, zwei Maiskolben haben kann", dachte ich mir, als ich plötzlich sehen konnte, wie am Ende des Feldes einige Pflanzen in Bewegung gerieten. Erneut hörte ich das Geräusch, welches mich so verunsichert hatte.

22:30

Mutig griff ich meine Taschenlampe und kletterte die Strohballen auf der Seite des Feldes hinunter. Ich musste aufpassen, nicht abzurutschen, da die feuchte Nachtluft dafür sorgte, dass kleine Tropfen auf den Ballen kampierten. Meine Schuhsohlen waren auch nicht mehr das, was sie mal waren, nachdem ich einen Sommer zuvor auf die glorreiche Idee gekommen war, wieder mit dem Skateboardfahren anzufangen. Ihr müsst wissen, wenn ich Skateboardfahren sage, meine ich, mich auf das Brett zu setzen und den ganzen Berg, von hier bis unten zu dem kleinen Bach, zu rollen und meine Schuhe über den Asphalt schleifen zu lassen. Auf dem Boden angekommen, drückte ich den Schalter an der Taschenlampe nach oben und brachte meine Hand in eine Position, in der ich den Schalter auch weiterhin gedrückt lassen konnte. Die Taschenlampe hatte seit geraumer Zeit einen Wackelkontakt, aber das machte mir nichts aus.

Das Licht schien immer noch so hell wie an dem Tag, an dem ich sie ausgepackt hatte.

Ich wollte nicht geradeaus durch das Feld laufen, da ich keine der Pflanzen kaputt machen wollte. Also lief ich einige Meter nach rechts und kam dabei an einem Paar Schnecken vorbei, die zusammen auf einer Sonnenblume saßen und das Firmament betrachteten. Als wüssten sie, was heute Nacht passieren würde. An einem kleinen Feldweg bog ich links ab, um auf die andere Seite des Feldes zu gelangen. Plötzlich fiel mir erst auf, wie kalt es geworden war. Aber Jacke und Decke lagen oben auf meinem Aussichtspunkt. Ohje. Meine Uhr lag dort auch noch. Ich hatte keine Ahnung wie spät es war und wie viel Zeit mir noch blieb, bevor ich wieder oben sein musste. Die Ungewissheit saß mir im Nacken. Mit jedem Meter, den ich zurücklegte, drehte ich meinen Kopf und sah nach oben. Ich hatte jegliches Zeitgefühl verloren, doch zum Glück war ich jeden Moment an der Stelle, an der ich das Wackeln und Rascheln wahrgenommen hatte.

Ich sah nichts.

Meine Taschenlampe durchsuchte gründlich jedes noch so kleine Gewächs vor meinen Füßen, doch ich konnte im Lichtkegel nichts erkennen. Meine Nervosität stieg immer weiter an, da ich mich so auf diese Nacht gefreut hatte. An meinem Kopf kratzend, suchte ich vergeblich nach dem Übeltäter, der dafür zuständig war, dass ich gerade hier stand, fernab von meiner warmen Decke. So gut die Luft auch gerade roch, ich wollte sie lieber von meinem Platz aus genießen.

Doch als ich mich gerade umdrehen wollte, hörte ich ein zartes Miauen. Ein kleines Kätzchen hatte sich wohl im Feld verirrt und fand den Weg nach Hause nicht mehr.

„Komm her, Kleine", rief ich ihr zu und streckte meine Hand aus. Zu meiner Überraschung ließ sie sich das nicht zweimal sagen. Sofort schoss sie aus den Blättern der Pflanzen hervor und rieb ihr kleines Gesicht an meiner Hand. Sie war noch kleiner, als ich davor vermutet hatte. Ich hob sie hoch, um zu sehen, ob sie irgendwelche Verletzungen hatte. Davon waren keine zu sehen, doch ein goldener Anhänger fiel mir sofort ins Auge. Am Halsband war eine kleine Halbmondsichel befestigt, auf der ihr Name und eine Adresse standen.

„Candy. Plauerstraße 7b."

Ich wusste, wo das war. Aber jetzt musste ich erstmal zurück zu meinen Sachen. Jede Minute konnte es losgehen. Kaum gingen mir diese Worte durch den Kopf, hörte ich ein Klingeln. Mein Wecker. Ich hatte den Wecker meiner Armbanduhr so eingestellt, dass er eine Minute vor zwölf Uhr losgehen würde. Für den Weg zurück brauchte ich sicherlich 15 Minuten. War jetzt alles gelaufen? Die Sommerferien waren in 3 Tagen vorbei und das sollte das Highlight werden. Ich, alleine unterm Kometenschauer. Ich bin sonst niemand, der schnell emotional wird, aber ich spürte, wie sich meine Augen mit Wasser füllten. Eine gläserne Wand aus Tränen baute sich vor meinen Pupillen auf. Plötzlich war es viel kälter als zuvor. Meine Fingerkuppen wurden langsam taub, während ich mir die Tränen vom Kinn rieb. Ich stand still.

Was in den darauffolgenden Sekunden passiert ist, weiß ich nicht. Ich kann mich nicht daran erinnern. Doch plötzlich spürte ich etwas Spitzes an meinem Bein. Die Krallen von Candy, der Katze, die sich in meine Haut bohrten. Aber das war keine Tat aus Hass oder Wut. Ich spürte, dass sie mir etwas mitteilen wollte. Und schon bevor ein Gedanke mein Gehirn durchquert hatte, rannten meine Beine los.

Plötzlich war ich wach.

Mein Herz pumpte das Adrenalin mit einem solchen Druck durch meinen Körper, dass ich förmlich spüren konnte, wie ich die ganze Erde mit jedem Schritt nach unten drückte. Meine Gedanken flogen nur so umher, als würden alle Emotionen, die ich jemals gefühlt hatte, um meinen Kopf kreisen. Ich spürte, wie Candy hinter mir herlief, als würde sie mich immer weiter nach vorne treiben. Meine Augen klebten am Boden, da ich Angst hatte hochzuschauen und zu entdecken, dass die Sternschnuppen bereits an uns vorbeizogen. Gleich hatte ich es geschafft. Die letzten Meter, bevor ich auf meinen Turm klettern konnte. Mir war so wichtig, dass der Moment etwas Besonderes wird. Erschöpft zog ich mich die Strohballen hinauf, Candy kletterte an meiner Seite empor und sprang von meiner Schulter aus auf die oberste Ebene. Wir waren da.

Instinktiv griff ich nach meiner Uhr, um den Wecker abzustellen und um nach der Uhrzeit zu sehen. Waren die knapp 10 Minuten Ekstase schon vorbei? Hatte ich das Wunder verpasst?

00:12, sagte meine Uhr. War es wirklich vorbei? Ich ließ mich nach hinten auf meine Decke fallen. Meine Augen waren geschlossen. Ich hatte solche Angst die Augen zu öffnen. Eigentlich hatte ich nichts zu verlieren, aber es war einer dieser Momente, in denen die Welt kurz einfror. Allzu lange war sie aber nicht gefroren, denn eine raue Katzenzunge auf meiner Nasenspitze ermutigte mich dazu, die Augen zu öffnen. Und was ich dann sah, übertraf alle Erwartungen, die ich hatte.

Eine leuchtend blaue Decke aus funkelnden Sternschnuppen flog über mir vorbei. Es sah aus, wie eine Million Glühwürmchen, die zusammen in den Urlaub reisten. Als würden alle Delfine der Welt zusammen durch den Himmel schwimmen und ein Schimmer von Anmut und Eleganz durch die Atmosphäre tragen. Ein Bild, was ich niemals vergessen werde. Im Augenwinkel sah ich sogar, wie Candy dem Wunderwerk folgte. Einige Minuten saßen wir beide nur still da. Das Funkeln des Himmels und das Schnurren zu meiner Linken waren die einzigen zwei Dinge, die in diesem Moment wichtig erschienen. Ich war so froh, diesen Moment erleben zu dürfen, und das nicht einmal allein.

Manchmal, wenn ich Candy im Dorf über die Straße laufen sehe, wirft sie mir so einen Blick zu, als würde sie sich so gut wie ich an diesen Abend erinnern. Ich habe sie natürlich direkt nach dem Sternschnuppenregen nach Hause begleitet. Aber als wäre der ganze Abend noch nicht traumhaft genug gewesen, brachte die letzte Sternschnuppe nochmal einen unfassbaren Zauber mit sich mit. Sie war so groß und doch so elegant, dass ich mir sicher war, dass sie eine große Portion Feenstaub auf uns regnen lassen hat. Ich schloss meine Augen und dachte an den innigsten Wunsch, den ich in meinem Herzen finden konnte und hielt einfach inne. Es war der schönste Abend, den ich jemals erlebt habe. Danke, dass ich ihn mit dir teilen durfte.

Ein verlorener Kuss

Ob etwas existierte, wird nicht davon bestimmt, wie lange es überdauert.

Wie wertvoll etwas ist, wird nicht durch die Umstände bestimmt, wie es überbracht wurde.

Wie viel Liebe in einer Geste steckt, entscheidet nicht alleine der Überbringer der Geste. Es kommt auch darauf an, wie viel Platz der Empfänger der Geste einräumt.

Ein Geschenk, das für immer im Herzen bleibt, ist wichtiger als eine Erinnerung in einer Vitrine, die langsam hinter anderen Momenten verschwindet.

Liebe ist überall.

First Halloween

Nachdem ich alle Teelichter in meinem Zimmer ausgepustet hatte, zog ich mir meine weißen Sneaker an und ging die Treppe hinunter. Die Schuhe waren schon etwas in die Tage gekommen und vor meinem schwarzen Marker waren sie auch nicht verschont geblieben. Die kleinen Teppichmatten, die auf den Treppenstufen lagen, federten meine Schritte so gut ab, dass ich, obwohl auf meinen Kopfhörern gerade keine Musik lief, kaum hören konnte, wie ich die Treppe hinunterglitt. Der Fernseher im Wohnzimmer lief noch. Ein alter Halloweenfilm, den ich selbst nie gesehen hatte, von dem ich aber wusste, dass er wohl zu den Klassikern gehörte. Zumindest erschloss ich mir das aus der Tatsache, dass ich den Streifen jeden Oktober mindestens dreimal zur Kenntnis nahm, wenn ich durch die Programme durchschaltete.

Meine Haare waren noch etwas nass von der Dusche, aber ich machte mir keine Gedanken darüber, dass ich krank werden könnte, wenn ich gleich rausgehen würde, obwohl meine Mutter mir jeden Tag eintrichterte, dass mein Onkel Tommy an einer Mittelohrentzündung gestorben sei. Ich selbst habe besagten Onkel nie kennengelernt und glaube eher, dass dieser nur erfunden wurde, um mir Angst vor Erkältungen zu machen. Ich zog sowieso meine Mütze an. Also, was sollte schon passieren. Auf dem Weg in die Küche stolperte ich über mein Skateboard, von dem ich eigentlich sicher war, ich hätte es in der Garage gelassen. Ich ließ mich aber nicht beirren und ging davon aus, dass es nicht ohne Grund hier liegen würde. Die Küche roch immer noch nach dem Popcorn, dass ich circa eine Stunde vorher in der Mikrowelle gemacht hatte und ich glaube, das war an diesem Tag auch meine einzige Mahlzeit, bis auf die Kekse, die ich zum Frühstück hatte.

Ich wusste, dass meine Mutter mir einen Zettel auf den Tisch gelegt hatte, mit Sachen, die ich heute unbedingt noch abholen sollte.

„eine Spraydose (Farbe egal), Gitarrensaiten, 3 Sterne und Sahne"

Die Sachen, die ich mitbringen sollte, waren meistens ungewöhnlich, aber so eine Liste habe ich lange nicht gesehen. Mutter arbeitet viel in ihrem Atelier und hat deshalb oft keine Zeit, um Sachen zu besorgen. In der Regel sind es Lebensmittel oder Dinge, die sie für ihre Kunst benötigt. Das Schwierigste, was ich mal auftreiben musste, waren 4 Silbermünzen aus dem 17. Jahrhundert. Aber ich habe keinen blassen Schimmer, wo ich echte Sterne herbekommen sollte. Und dann auch noch mehrere. Aber ich habe mir geschworen, immer mein Bestes zu geben, um meine Mutter zu unterstützen. Immerhin finanziert ihre Arbeit unser ganzes Leben. Sogar dieses Haus wurde von ihrer Kunst bezahlt. Ich wünschte mir aber manchmal, sie würde mehr Zeit für mich finden. Nachdem ich mir meine Hosentaschen mit Süßigkeiten, die eigentlich für an der Haustür klingelnde Kinder gedacht waren, vollgestopft hatte, machte ich mich auf den Weg in die Stadt. Es war mein erstes Halloween, seitdem wir umgezogen waren, weshalb ich etwas aufgeregt war. Ich kannte hier noch niemanden, aber davon wollte ich mir meinen Lieblingstag im Jahr nicht kaputt machen lassen. Mein Gesicht wurde von einer Halloweenmaske verdeckt, durch die ich aber erstaunlich gut durchsehen konnte. Nach ein paar Minuten hatte ich schon vergessen, dass ich sie überhaupt trug.

Die Blätter ringsum wurden durch den Wind so sehr aufgewirbelt, dass sie den umherfliegenden Fledermäusen in die Quere kamen. Fledermäuse sind weit oben auf der Liste meiner Lieblingstiere, würde ich sagen. Vielleicht Platz 3 oder 4.

12 saure Bonbons später

Meine Zähne klebten etwas aneinander. Ein Gefühl ließ mich nicht los. Das Gefühl, mich würde jemand verfolgen. Als würde der Wind nach meinen Knöcheln greifen und versuchen, mich in den Beton des Gehweges zu ziehen. Plötzlich gefror mir der Schweiß auf der Stirn. Das Blut in meinen Adern wurde kalt wie Eis. Ich war niemand der schnell Angst bekam, aber in diesem Moment konnte ich fühlen, wie mir das bitterböse Grauen im Rücken stand. Meine Nackenhaare formten sich zu einer Wand aus kleinen Dolchen.

Sollte ich mich umdrehen? Mein Schritt wurde schneller und ich spürte, wie das Wesen hinter mir ebenfalls Tempo aufnahm. Jede Bemühung, nach hinten zu schauen, wurde von meiner steifen Nackenmuskulatur vereitelt. Ich war mir zu einhundert Prozent sicher, dass ich verfolgt wurde. Nur die Absicht des Verfolgenden war ich mir unklar. Dennoch vertraute ich auf meinen Instinkt, denn der Geruch, der in der Luft lag, war der Geruch des Bösen. Ich kenne viele Gerüche, aber noch nie stieg etwas so Furchteinflößendes meine Nase empor. Schweißdurchtränkt fasste ich einen Entschluss und bevor ich diesen Gedanken überhaupt in Wörtern hätte aussprechen können, spannten sich meine Waden an und explodierten den Bruchteil einer Sekunde später. Ich rannte los. Mit den Armen nach vorne gerichtet, in der Hoffnung, ich könnte mit meinen flachen Händen den Wind durchschneiden, um mir so einen größeren Vorsprung zu verschaffen.

Meine Schnürsenkel flogen in alle Richtungen, während mein Kopf nur eine Richtung im Sinn hatte. Nach vorne. Ich musste hier weg. Durch mein hastiges Atmen fiel es mir schwer, zu hören, ob mein Verfolger ebenfalls mit dem Rennen begonnen hatte. Und jetzt anzuhalten, könnte mein frühzeitiges Ende bedeuten. Ich spürte, wie jegliches Blut aus meinen Fingerspitzen gezogen wurde. Mein Herz schlug öfter, als meine Schuhe den Boden berührten und als ich gerade versucht hatte diese Schläge zu zählen, sah ich meine Rettung.

Der Spiegel am Ende der Straße, der den Autos beim Abbiegen helfen soll. Dort könnte ich sehen, ob ich immer noch gejagt wurde. Aber ich musste meine ganze Konzentration sammeln. Ich würde nur kurz im optimalen Winkel zu dem Spiegel sein und das ständige Auf und Ab meiner Augen war nicht gerade hilfreich. Worauf ich jetzt besonders aufpassen musste, waren die Unebenheiten des Betons. Am Ende der Straße standen viele Bäume. Ich würde behaupten, es sind Eschen. Jedenfalls stehen diese Giganten dort jetzt schon so viele Jahre, dass die Wurzeln einen Weg durch den Beton gefunden haben. Und an den Stellen, an denen keine Wurzeln wucherten, konnte man trotzdem dicke Beulen sehen, an denen der Boden nach oben gedrückt wurde.

Ich bin dort schon einige Male gestolpert. Vor allem immer dann, wenn ich den Song auf meinem iPod ändern wollte. Sollte ich dieses Mal auch nur kurz aus dem Gleichgewicht geraten, würde mich mein rekordverdächtiges Tempo geradewegs unter den Erdboden schicken. Meine Beine waren bereit zu springen. Und so hob ich vor jeder Wurzel kurz ab und landete wenige Zentimeter später wieder auf dem unnachgiebigen Boden.

So unnachgiebig, dass ich jeden Aufprall meiner Schuhsohlen bis in meine zittrigen Schultern fühlen konnte. Meine Kleidung war mittlerweile bis zur letzten Faser durchnässt von Angstschweiß. Doch mein Leiden sollte jeden Augenblick ein Ende finden. Oder zumindest meine Ungewissheit, die aktuell jedes Quäntchen meines Geistes verseuchte. Jedes Mal, wenn der Mond sein Licht durch die Zweige der alten Bäume manövrieren konnte, zuckte ich kurz zusammen. Es war, als könnte ich das frostige Mondlicht auf meiner ohnehin schon kalten Haut spüren. Ich sah den Spiegel immer näherkommen. In wenigen Sekunden würde ich Gewissheit über das Geschehen hinter mir haben. Ein, zwei tiefe Atemzüge und ich richtete meinen Blick auf die silberglänzende Oberfläche des konvexen Spiegels. Ich konnte meinen Augen nicht trauen. Ich sah etwas. Aber was ich sah, war kein Mensch. Ein Sturm fegte hinter mir durch die Straßen. Eine Art Tornado, der sich wohl hinter mir aufgebaut hatte, wirbelte Stöcke, Blätter, und das Papier der Süßigkeiten, die mir beim Rennen aus der Tasche gefallen waren, durch die Luft. Eine Naturgewalt, wie ich sie noch nie gesehen hatte. Ein kleiner rotierender Wirbelwind, der mit Sicherheit genug Kraft hatte, um meinen ausgelaugten Körper durch die Luft zu schleudern. Was soll ich tun? Ausgerannt und ausgebrannt stand ich meinem Schicksal gegenüber. Zwischen Sturm und mir, zwischen jetzt und hier, war kaum ein Schimmer Luft zu seh'n. Ohne Kraft in mir, ohne Rast bis hier, weint' ich tausend kleine Schluchzerträn'.

Vor Panik zitterte mein Kinn so schnell. So schnell, sag ich, als hätten hundert kleine Blitze in mich eingeschlagen. Ich wollte nicht länger wegrennen. Ich war in meinem Leben schon zu oft weggerannt.

Meine Füße blieben standhaft. Mit der Brust nach vorne empfing ich den Wirbel, der auf mich zu brauste. Die Augen geschlossen. Aber nicht aus Angst. Ich war bereit für was auch immer als Nächstes passieren würde. Das Nächste, woran ich mich erinnere, ist eine Temperatur, wie ich sie vorher noch nie gespürt hatte. Wie eine Farbe, die noch nie ein Mensch erblickt hatte, floss eine Mischung aus warm und kalt durch meine Glieder. Es war ein angenehmes Gefühl und doch fuhr mir ein kalter Schauer den Rücken hinunter. Als würden lange, kühle Krallen meinen Rücken kratzen. Überzogen mit Gänsehaut öffnete ich meine Augen. Mir war nicht aufgefallen, dass meine Zehen längst nicht mehr die Sicherheit des Asphalts unter sich spürten. Mein Körper flog anmutig durch die Luft. Höher und immer höher. Der kleine Tornado schoss, mit mir auf seinem Rücken, durch die kalte Abendluft. Wir waren so schnell, dass meine Augen anfingen zu Tränen und ich konnte beobachten, wie die funkelnden Tränchen auf dem Weg nach unten zu kleinen Eiskristallen erstarrten. Ohne zu zögern, packte ich dem Wind an die Schultern. Oder zumindest das, was ich für seine Schultern hielt. Oder ihre Schultern? Naja. Mir war klar, dass ich so nah wohl nie wieder an einen Stern kommen würde und mit der Liste meiner Mutter im Hinterkopf lehnte ich mich zurück und zog uns beide mit aller Kraft gen Himmel. Als wüsste der Sturm, was ich im Sinn hatte, kooperierte er umgehend. Wir schossen zu den Sternen wie eine Feuerwerksrakete, die kurz davor war in einem riesigen Farbspektakel zu detonieren. „Ich hoffe, wir explodieren dabei nicht", schoss mir durch den Kopf. Obwohl ich sonst schon auf der vierten Stufe unserer Gartenleiter anfing zu zittern, hatte ich keine Angst. Wir waren so hoch, dass alle Häuser nur noch entfernte kleine Lichter waren.

Mittlerweile sahen sie eher nach Sternen aus als die glitzernden Leuchtedinger über uns, auf die wir uns rasant zubewegten. Es wirkte alles so surreal und irgendwie wurde alles nur noch surrealer, je höher wir flogen. Ab einem gewissen Punkt musste ich nicht mehr atmen. Aber ich rang auch nicht nach Luft. Es war, als würde der Wind unter mir mich durchgehend mit Sauerstoff versorgen. Ewig fühlte ich mich nicht mehr so geborgen und ich war richtig froh, angehalten zu haben. Jetzt war es gleich so weit. Wir näherten uns drei kleinen Sternen, die zusammen auf uns warteten. Fast so, als wollten sie mitgenommen werden. Wir zischten dreimal vorbei und bei jedem Mal öffnete ich meine Tasche und ließ einen Stern hinein huschen. Sie machten es sich sofort neben den übrigen Bonbons gemütlich.

4 Bonbons später

Wir waren wieder auf dem Weg in Richtung Erde. Die Nacht war mittlerweile zur Hälfte vergangen und ich hatte noch einiges zu erledigen. Die Halloweenmaske hatte ich mittlerweile abgesetzt und zu den Sternen getan. Auch wenn ich jetzt die vermutlich am schwierigsten aufzutreibenden Dinge auf der Liste bereits besorgt hatte, nahm ich nichts auf die leichte Schulter. Das Gefühl des Windes, der beim Eintritt in die Atmosphäre durch meine Haare strömte, werde ich nie vergessen. Der Geruch von Halloween lag auf der ganzen Welt in der Luft. Wir waren immer noch so hoch, dass wir auf dem Weg nach unten kleine Schneeflocken überholten. Doch während die Schneeflocken auf ihrem Abenteuer starben, kamen wir am Boden lebendiger an.

Ich war wieder auf dem Boden angekommen. Meine Füße setzten auf dem unnachgiebigen Asphalt der Straße auf und der Wind gab mir einen kleinen Stups, bevor er in die Nacht verschwand. Als hätte er sagen wollen „Bis dann, alter Freund." Meine Augen verfolgten ihn eine Weile, bis ich ihn schlussendlich nicht mehr sehen konnte. Eine dichte Nebelwand versperrte meine Sicht. Eine Wand voll Frust.

Obwohl ich auf gutem Kurs war, meine Nacht erfolgreich zu beenden, so vernahm ich plötzlich ein Gefühl. Ein Gefühl, was eigentlich kein Gefühl war. Es war das Fehlen jeglicher Gefühle. Meine Gedanken waren leer. Ich konnte nicht beschreiben was, aber ein kleines Detail verunsicherte mich. Als wäre es nur eine Strähne meiner Haare gewesen, die etwas weiter links lag als sonst. Oder einer meiner Schnürsenkel, der plötzlich mehr über den Boden streifte als gewöhnlich. Ich wusste, dass selbst, wenn ich das Problem ausfindig machen könnte, würde ich nicht darüber hinwegsehen könnte.

Eine Wut baute sich in mir auf. Ein Zorn, der sich gegen mich selbst richtete. Wieso konnte ich nicht zufrieden sein? Alles war beinahe perfekt und doch brachte mich etwas aus dem Gleichgewicht. Als hätte ich den Höhepunkt einer Achterbahn erreicht, bevor ich anfing, die Fahrt zu genießen. Von nun an ging es nur noch bergab, dachte ich.

Mir war klar, dass eine Achterbahnfahrt immer wieder aus Höhen und Tiefen besteht, aber ich war mir fast schon sicher, dass ich nie wieder so hoch hinaussteigen würde wie in diesem Moment. Nicht einmal in diesem Moment, nein.

Mir fiel erst auf, dass es bergab ging, als ich den Höhepunkt bereits verlassen hatte. Ich konnte spüren, wie Glückshormone meinen Körper verließen. Sie tropften aus meinen Fingerspitzen auf den kalten Boden. Und so fest ich meine Faust auch ballte, sie flossen weiter hinaus. Die Selbstüberzeugung, auf der ich bis zu diesem Moment geritten war, glitt aus meinen Händen. Der Nebel kam näher auf mich zu und ich fürchtete mich vor dem Moment, an dem ich die Dunstwolke betrat. Ich wusste, dass ich nicht für immer von dem Nebel verschlungen werden würde. Ich wusste, dass ich sogar im Nebel noch die Fähigkeit besaß, mich zu orientieren. Und egal, was in diesem Nebelkleid auf mich wartete, ich würde es überstehen.

Was im Nebel geschah, kann und möchte ich nicht sagen. Aber ich trat aus der anderen Seite stärker hervor, als ich es mir hätte vorstellen können.

2 Bonbons später

Mir ging es plötzlich wieder erstaunlich gut. Ich fühlte mich zwar manisch-depressiv und wusste, dass mein Kopf jeden Moment wieder Alarm schlagen könnte, aber aus irgendeinem Grund waren die zwei Bonbons genau das, was ich gerade gebraucht hatte. Nachdem ich mir meine Schuhe neu gebunden hatte, schlenderte ich Richtung Osten. Ich wusste, dass unter der Brücke am Hafen um diese Uhrzeit öfter Sprayer unterwegs waren, um die langen Steinwände zu bemalen. Ich ging mittags oft dort entlang, da es eine perfekte Runde war, um Musik zu hören. Einfach unsere Straße entlang, dann kurz vor dem Ende links durch den kleinen Geheimweg und die beiden Treppen neben der Einkaufshalle hinunter und schon war ich am Wasser. Wie auch sonst, nahm ich meine Kopfhörer aus den Ohren, als ich anfing, neben den Wellen der Küste entlangzulaufen. Es war keine echte Küste. Eine kleine Abzweigung des Meeres, das einige hunderte Meter weiter oben durch die Nacht brach. Ich genoss die vier Minuten Fußweg flussaufwärts immer sehr, da das Rauschen des Flusses etwas mit meinem Gehirn anstellte.

Die Frequenz war wohl gerade richtig, um völlige Gelassenheit in mir auszulösen. Ich fühle mich selten so gelassen, wie in den Momenten, in denen ich dem Wasser lausche.

Zu meiner Rechten zog sich eine hohe Mauer aus roten Ziegelsteinen. Hier war aber nie auch nur ein Graffito zu sehen. Ich nehme an, die Sprayer respektierten die schönen Efeuranken, die sich von der Mauer schlängelten. Es sah so schon beinahe aus wie ein Gemälde und bedurfte keinerlei weiteren Verzierungen. Kurz vor der ersten Brücke hielt ich meine Augen offen, ob ich bereits jemanden erkennen konnte. Üblicherweise waren alle sehr aufmerksam und verschwanden, sobald jemand kam, der auch nur ansatzweise wie ein Polizist aussah. Aber sogar ich wusste, dass die gesamte Polizeiwache heute bei der großen Feier auf der Engelswiese war. Also eigentlich gab es für keinen der Maler einen Grund, auf der Hut zu sein. Die Mischung aus Fledermausflattern und dem Geräusch, das eine Sprühdose macht, wenn man sie schüttelt, drang an meine Ohren. Die Fledermäuse über mir und die Sprühdose vor mir in dem schlecht beleuchteten Tunnel. Ein junger Typ mit Hoodie und einer ärmellosen Weste zauberte ein Kunstwerk auf die Tunnelwand. Ich bezweifle, dass seine Intention war, ein Halloweengemälde zu malen, aber genau diese Energie strahlte das Bild aus. Leuchtende Farben, kalte Gestalten und ein Nebel, der wirkte, als würde er aus der Wand auf uns zu gleiten.

Ich wollte nicht aufdringlich sein, aber als ich merkte, dass er kurz innehielt, um sein Werk auf sich wirken zu lassen, sprach ich ihn an. Ich glaube, er hatte mich bis zu diesem Moment gar nicht wahrgenommen. Er streifte sich die Kapuze vom Kopf und zog seine Kopfhörer aus. Auf die Frage, ob er mir bei meiner Suche nach Sprühdosen weiterhelfen konnte, schmunzelte er nur kurz und fragte mich nach meiner Meinung zu seinem Werk. Er nannte es aber nicht „Werk". Er fragte eigentlich nur „Wie findest du's? Sei ehrlich." Aber er tat dies mit einem Strahlen in den Augen, das mir verriet, dass ich ihm alles sagen könnte. Er wäre in jedem Fall zufrieden. Er war so überzeugt von dem Gemälde, dass kein Mensch ihn dazu bringen könnte, daran zu zweifeln.

Er hatte keine vollen Dosen für mich, aber nachdem ich ihm gesagt hatte, wie umwerfend ich sein Graffiti fand, erzählte er mir, dass seine Freundin einen Tunnel weiter zugange war. Er hatte ihr zum Geburtstag ein Set mit Dosen geschenkt und sie war gerade dabei, ihre erste Wand zu bemalen. Er selbst durfte nicht mitkommen, erzählte er mir. Er durfte erst rübergehen, wenn sie ihn abholte, um das fertige Bild zusammen zu bestaunen. Aber er sagte mir, ich solle zu ihr gehen und fragen, welche Farbe sie nicht bräuchte. Er war sicher, sie würde mir eine Dose mitgeben. Nach einem kurzen Handschlag, der viel mehr aussagte als „Mach's gut" stolperte ich in Richtung des zweiten Tunnels. An den Tunnelausgängen war es immer super rutschig, da dort besonders viel Moos wuchs, wenn Regenwasser von der Brüstung tropfte. Im zweiten Tunnel saß eine junge Frau auf einer Decke. Sie trug eine dicke schwarze Jacke, blaue Jeans und Converse, die wohl mal weiß waren, jetzt aber jede Farbe hatten, außer weiß.

Sie starrte einfach nur die Wand an. Ihre Augen glänzten, aber ihre Mundwinkel zeigten zum Boden. An der Wand war ein Bild, was ich zuerst nicht erkennen konnte, da ich so nah an der Wand lief. Meine Füße trugen mich näher zu ihr. Sie machte nicht den Eindruck, als würde ihr meine Anwesenheit etwas ausmachen, aber ich sah, wie ihre Pupillen ab und zu rüber huschten, um mich zu betrachten. Neben ihr angekommen, fragte ich sie, ob ich mich denn zu ihr setzen dürfe. Das Klopfen ihrer rechten Hand auf den Boden deutete ich als ein Ja und vorsichtig setzte ich mich auf die karierte Decke. Ich starrte nun auch die Wand an, in der Hoffnung, das Gleiche sehen zu können, was sie sah.

Aber meine Augen waren nicht fokussiert genug. Ich schloss sie. Zwanzig Sekunden. Dreißig Sekunden. Meine Augen öffneten sich wieder. Plötzlich traf es mich. Was ich vorher als unbemalte Wand identifiziert hatte, war nun Teil des Kunstwerkes. Die Art und Weise wie Negativräume, die Tunneldecke, und kleine Unebenheiten im Stein in das Gemälde integriert waren, wirkte revolutionär. Ich bin beim besten Willen kein Experte, was solche Themen betrifft, aber das musste neu sein. Nicht nur die Efeuranken wurden Teil des Bildes. Sogar alte Kaugummis, die von Passanten an die Tunnelwände geklebt wurden, setzen Akzente. Ich würde nicht behaupten, dass das Bild an sich herausragend gesprüht wurde, aber die Komposition und das Spiel der einzelnen Farben ließen mich glauben, dass sogar ich ein Teil des Werkes war. Als hätte sie gewusst, dass ich kommen würde. Als hätte sie gewusst, dass ich mich neben sie setzen werde.

Nach einigen Minuten traute ich mich endlich, sie anzusprechen. Sie wirkte nicht mehr so konzentriert wie zuvor. Doch bevor ich meinen Satz vollenden konnte, kam mir eine Frage entgegen geschossen.

„Wie findest du es?", fragte sie.

Ihre Frage wirkte wie aus einer anderen Welt. Und plötzlich hatte ich Angst. Ich wusste, wie wichtig ihr meine Meinung sein würde. Sie hatte selbst bereits so lange über ihr Bild nachgedacht. Ich konnte ihr nur falsche Antworten geben. Ich glaube nicht, dass sie mir böse gewesen wäre, wenn ich etwas gesagt hätte, was nicht ihren Vorstellungen entsprach, aber sie wäre enttäuscht gewesen.

Ich schloss meine Augen. Die Zahnräder in meinem Kopf begannen zu rattern. Ein Geschmack von bitterem Zimt breitete sich auf meiner Zunge aus. Ich dachte selten so intensiv nach. Meine Gedanken wanderten einmal durch meinen ganzen Körper, bevor sie wieder in mein Gehirn einschlugen. Mit jedem Herzschlag brauste ein neuer Gedanke durch mein Nervensystem. Die Haare auf meinen Armen regten sich jedoch nicht. Für gewöhnlich spürte ich eine Art Schock, wenn mir der richtige Gedanke zuflog. Meine Zunge wurde unruhig in meinem Mund, denn sie hatte den Drang, aus Bewegungen Wörter zu formen. Meine Hände wurden kälter, als sie ohnehin schon waren und ich wusste, dass ich in den nächsten Sekunden mein Feedback kundtun musste.

Mein Atem stockte.

Als ich dann einen unüberlegten Satz über meine Lippen streifen lassen wollte, fror meine Zunge ein. Trotz eben noch so großem Tatendrang war sie nun wohl der Ansicht, ich hatte noch nicht die richtigen Worte gefunden. Sie hatte recht. Mein Gegenüber spürte meine Zurückhaltung, doch ihre verständnisvollen Augen machten mir deutlich, dass es keinen Grund für Besorgnis gab. Doch plötzlich traf es mich. Meine Armhaare stellten sich nach oben auf. Als hätten die Neonlichter des Tunnels die Luft elektrisch aufgeladen. Ich schloss meine Augen erneut und streckte meine Hände aus. Nach kurzem Zögern spürte ich aber, wie die junge Frau meinen Griff erwiderte. Unsere Hände fest verbunden. So drehte ich meinen Kopf nach rechts in Richtung der Wand. In dem Moment, als ich meine Augen öffnete, ließ ich allen Emotionen freien Lauf. Meine Hände drückten, zitterten und pulsierten ununterbrochen.

Ich hatte das Gefühl, auf diesem nonverbalen Weg meine Emotionen tausendmal besser ausdrücken zu können als mit jedem Wort.

Kleine Tropfen platschten auf meinem Handrücken auf. Ich sah Tränen der Freude, die sich aus dem Gesicht der Frau verabschiedeten. Auch ein kleines Lächeln strahlte unter ihrer Nase. Schimmer, Schimmer. Auf eine Umarmung von ihr folgte der Griff in ihre Tasche. Sie reichte mir zwei Sprühdosen, als wüsste sie, wieso ich hier war. Ich war nur wegen einer gekommen, aber ich hatte das Gefühl, diese zwei gehören zusammen. Ich griff dankend zu und richtete mich aus. Wie zwei alte Freunde verabschiedeten wir uns und ich lief weiter in Richtung Tunnel Nummer drei.

Das Letzte, was ich von ihr hörte, waren ihre aufgeweckten Schritte, die sich auf den Weg machten, ihren Freund zu rufen.

Einige hundert Meter weiter warf ich einen Blick auf meine Liste. Mittlerweile war es November gewesen, aber Halloween lag weiterhin in der Luft. Ich hatte mir auch vorgenommen, mir einen Horrorstreifen vor dem Einschlafen reinzuziehen. Da ich noch Gitarrensaiten in meinem Zimmer liegen hatte, musste ich mich nur noch um die Sahne kümmern. Ich musste auch nicht lange überlegen, wo ich diese herbekommen könnte. Die beste Chance, um diese Uhrzeit Sahne zu bekommen, war bei der alten Bäckerei unter der Bücherei. Um diese Zeit war vermutlich schon ein Bäcker da, um die ersten Brötchen aufzubacken. Auf dem Weg dorthin kam ich zufälligerweise an unserem Haus vorbei, weshalb ich mir schnell mein Skateboard griff. Das monotone Klackern der Ränder auf der Straße beruhigte meine Seele. Immer wenn Mondlicht durch die Äste der Eschen brach, wurde ich aus meinem Sekundenschlaf gerissen und stieß mich erneut nach vorne ab, um noch schneller zu fahren. Halloween war immer eine besondere Nacht für mich. Dafür gab es aber keinen wirklichen Grund. Aber die Luft fühlte sich in dieser Nacht immer anders an. Ich fühlte mich mehr verstanden. Ich fühlte mich, als würde ich nur für diese eine Nacht leben. Es ist mehr ein Gefühl als etwas, was man ausreichend beschreiben könnte. Das leuchtende Neonschild der Bäckerei sah ich schon von Weitem. Zwei gläserne Schaufenster und eine Glastür genau an der Ecke des Gebäudes. Feinstes Bäckerhandwerk. Diese Inschrift stand auf der Glastür des kleinen Ladens. Ich war oft hier und ich aß gerne die verschiedensten Leckereien, die täglich frisch zubereitet wurden.

Ich finde, heutzutage achten immer weniger Menschen auf die Kleinigkeiten im Leben. Keiner weiß mehr, wie man genießt. Jede Sache genießen, so klein sie auch erscheinen mag. Ich war es allmählich leid, neben all diesen Zombies tagein, tagaus zu laufen. Aber an einem Ort wie diesem, in einer Nacht wie dieser, kam ich wieder zu neuer Energie. Mittlerweile war es so spät, ich hatte das Gefühl, alle Kinder, bis auf eines, würden schlafen.

Ich war wach.

Meine kalten Knöchel klopften vorsichtig an die Glastür der Bäckerei. Durch die Spalten der Jalousien strahlten orange Bögen aus Licht. Eine unheimliche Gemütlichkeit ging von diesem Ort aus. Augenblicklich sehnte ich mich nach meinem Bett. Ein gemütlicher Rückzugsort mit zwei Kerzen und einem Film auf meinem Laptop wäre jetzt genau das Richtige für mich. Auf mein Klopfen folgte keine Antwort und so schlug ich meine Knöchel erneut an die Scheibe. Jetzt waren deutlich Schritte zu hören, die sich aus dem Tiefsten der Backstube der Tür näherten. Ich vernahm, wie sich der Schlüssel zweimal im Schloss der Tür drehte, nachdem zwei dunkelbraune Augen durch die Lücken der Jalousien gespäht hatten. Eine junge Frau öffnete mir die Tür. Mit Mehl an den Wangen und Fledermausflügeln auf ihrem Rücken stand sie vor mir. Für eine Sekunde sahen wir uns nur an. Ich konnte an ihrem Blick erkennen, dass sie auf eine Erklärung für mein spätes Stören wartete, doch bevor ich mein Handeln rechtfertigen konnte, bat sie mich mit einer empfangenden Handgeste hinein.

Vorsichtig streifte ich meine beiden Schuhe auf der noch recht unbenutzten Fußmatte ab.

Im Inneren der Bäckerei brannten Kerzen und aus der Tür hinter der Theke schien ein warmes Licht heraus.

Ein nettes „Setz dich doch" kam mir in einer Stimme entgegengeflogen, die noch viel lieblicher war, als ich mir sie vorgestellt hatte. Auf einer kleinen Serviette im Halloween-Look begrüßte mich ein Becher mit Kakao. Erst viel später würde mir auffallen, dass ich mich zu dem Zeitpunkt, gar nicht ausreichend für diese Geste bedankt hatte. Die Frau verschwand kurz in ihrer Backstube, wo sie sich ihrer Schürze entledigte. Meine Augen wanderten durch das Geschäft, bis sie plötzlich auf dem Griff einer Kühlschranktür hängenblieben. Aber nur so lange, bis mich das Knistern einer der Kerzen zu meiner Rechten aus meiner Trance riss. Als die Frau zurückkam, hatte sie noch mehr Mehl im Gesicht als vorher. Vielleicht war das aber auch nur Einbildung. Nach einem kurzen Abklopfen ihrer Hände drehten ihre eleganten Finger den Knopf des auf der Theke stehenden Radios so weit, bis eine Melodie ertönte. Es klang wie die Hintergrundmusik eines Gruselhörspiels, das ich selbst schon des Öfteren gehört hatte, wenn ich schlaflos im Bett lag. Mit den Ellenbogen auf die Ablage gestützt schaute sie mir ins Gesicht, als würde sie direkt in meine Seele schauen können. Sofort spürte ich, wie Blut, in Massen, in mein Gesicht strömte. Diesmal kam es nicht zu einer länger anhaltenden Stille, da sie beinahe umgehend sagte: „Was führt dich zu mir? Ich habe heute Nacht leider nicht viel Zeit für dich."

Diesen Satz sagte sie in einer Stimmlage, die ich so schnell nicht vergessen werde. Ihr glitt dabei ein kleines Lächeln übers Gesicht, aber trotzdem hatte sie eine bestimmte Ernsthaftigkeit.

„Sahne. Sahne brauche ich."

Erneut ein Lächeln von ihr. Sie huschte sofort in Richtung des Kühlschrankes. Mit aller Kraft versuchte ich, meine Augenlider weiter offenzuhalten, doch die warme Luft erleichterte mir diese Aufgabe keineswegs. Plötzlich wurde alles kurz schwarz. Ich war wohl doch dem Sekundenschlaf zum Opfer gefallen und als ich wieder nach oben sah, konnte ich die Frau nirgendwo mehr erblicken. Peinlich berührt unternahm ich alles, um diese kleine Unannehmlichkeit zu überspielen. Verunsichert flog mein Blick durch die Gegend. Die Kerzen wirkten plötzlich ein gutes Stück kleiner und ich befürchtete, doch länger als ein paar Sekunden geschlummert zu haben. Zum Glück wurde ich schnell eines anderen belehrt, denn auf die Uhr an meinem Handgelenk war stets Verlass. Sanfte Schritte hallten aus der Backstube. Anscheinend war die junge Frau kurz mit der Sahne nach hinten verschwunden. Warum auch immer. Sie stand jetzt vor mir. Zwei Päckchen Sahne in der linken und einen Kugelschreiber in der rechten Hand. Diesen ließ sie allerdings schnell in ihrer Hosentasche verschwinden.

„Ich hoffe, die reichen."

Ich nickte ihr daraufhin zu.

„Halt bloß ein Auge darauf, hörst du?"

Ich nickte erneut, nur diesmal etwas schneller. „Ja, natürlich!"

Sie sagte diesen zweiten Satz aber irgendwie anders. Ich hatte sogar das Gefühl, sie hatte mir dabei zugezwinkert. Komisch. Aber mittlerweile war ich so müde, dass ich kaum noch einen klaren Gedanken fassen konnte. Ich wusste nur noch, dass ich sie gerne von ihrer Arbeit befreit und mit zu mir nach Hause genommen hätte. Ich hatte sie hier vorher noch nie gesehen. Vorsichtig griff ich nach den beiden Päckchen und tat sie zu den Sprühflaschen und den Sternen. Meine Tasche war mittlerweile deutlich schwerer als zu Anfang.

Bis zur Tür begleitete sie mich, als sie sich umdrehte und mir schnell meinen Kakao brachte, den ich vergessen hatte. Ein letztes „Dankeschön" und ich sah sie zum letzten Mal in dieser Nacht. Sie verschwand mit einem Lächeln auf den Lippen in den orangen Lichtstrahlen, während ich mir meine Mütze anzog. Das Rollen meines Skateboards wurde mir langsam zu monoton. Ich hatte Angst, auf den letzten Metern nochmal einzuschlafen, weshalb ich mir meine Kopfhörer aufsetze. Während zum zweiten Mal „Head Over Heels" auf meinem iPod lief, landeten kleine Schneeflocken auf meiner Nasenspitze. Pünktlich zu Beginn des Novembers regneten kleine Eisornamente vom Mond herab, während das Licht der Bäckerei kaum noch meinen Rücken berührte. Aber ich wusste, ich würde die Frau wieder sehen. Die letzten Meter meiner Reise genoss ich in vollen Zügen. Langsam kamen meine Rollen zum Stillstand und ich schlenderte mit dem Board unterm Arm die Einfahrt hinauf. Der Fernseher lief immer noch. Immer noch zeigten sie den gleichen Film, vermutlich aber eine Wiederholung. Ich zog meine Schuhe und meine Jacke aus.

Es war so warm in unserem Haus, dass ich gleich wieder um einiges schläfriger wurde. Mit meinem Rucksack in der Hand schlich ich in die Küche, um die Sachen für meine Mutter auf den Tisch zu legen. Die Spraydosen und die Sterne legte ich sanft in den Korb, den meine Mutter extra dafür bereitgestellt hatte. Er war mit einem weichen Tuch ausgekleidet. Die Sahne hingegen wollte ich in den Kühlschrank stellen und dann sofort ins Bett verschwinden. Ich habe die Angewohnheit, dass ich mir jedes Mal, bevor ich den Kühlschrank öffne, die Hände wasche. Mit sauberen Händen griff ich also in meinen Rucksack, doch bei einer der Packungen blitzte mir etwas Kleines an der unteren Ecke der Vorderseite entgegen. Ich rieb meine müden Augen und hielt die Packung ins Licht. „S.", ein kleines Herz und eine Handynummer waren mit blauem Kugelschreiber auf die Sahne geschrieben worden. Schon wieder spürte ich, wie mein ganzes Blut in mein Gesicht strömte und als ich den Kopf anhob, sah ich in der Spiegelung des Küchenfensters ein kleines Lächeln auf meinen Lippen.

Vorsichtig übertrug ich die Handynummer auf ein Stück Papier und entfernte alle Beweise von der Sahne mit etwas Wasser und Spucke. Als die Kühlschranktür zufiel, fielen meine Augen beinahe auch zu. Keine zwei Minuten später lag ich in meinem Bett und trank die letzten Schlucke meines Kakaos. Auf meinem Laptop lief der gleiche Horrorstreifen, der schon etliche Male im Fernsehen gelaufen war und drei kleine Teelichter standen auf meinem Fensterbrett. Mit genug Abstand zum Vorhang natürlich. Ich war unfassbar müde, aber ich hielt meine Augen noch einige Minuten offen.

Wie eine Schwalbe, die sich immer wieder fallen lässt, bevor ihre Flügel sie wieder ein Stück nach oben tragen, schlug das Herz in meiner Brust. Wenige Augenblicke später schlief ich ein und ich hatte die schönsten Träume aller Zeiten. Seit dieser Nacht weiß ich, warum Halloween mein Lieblingstag ist.

Danke fürs Lesen.

Falls du meinst, Fehler gefunden zu haben...

...hier sind ein paar Satzzeichen zum Einsetzen.

....

, , , , , , , , , , , , , , , , ,

The bakery woman will return.